砂丘は動く

鈴木正樹歌集

短歌研究社

砂丘は動く＊目次

砂丘は動く

カバー　メルズーガ大砂丘（モロッコ）
（著者撮影）
表紙　昭和三十年頃の浅川駅前
（現在の高尾駅北口前）
裏表紙　戦前の浅川タクシー職員

私がずれる

行く夏と私の体がずれている息切れせぬよう早足をする

切れているスパークしている電線がレム睡眠を斜めに落ちる

跨線橋登れば見える山並みが崩れそうだよ雨雲支え

歩くには暑すぎるけど歩かなきゃパズルの私が壊れてしまう

並木路ベロ藍の影べとべとで胃もたれ運ぶ私に出会う

バス停に今日も帰ってくる私　また降りてくる要らない私

逆光のイチョウ並木に立てかけた長く影引く放置自転車

地平線　梢で鳴いても見えやせぬ　求愛期限は切れたぜ蟬よ

溶けだしたクリームぽたぽたしずくして　緩んだ雄蕊の花粉も砂だ

バス停に立っていたからバス止まり立っていたから行ってしまった

ポケットのケータイ出して時刻見る見なけりゃ見えない私がいる

バス停に待てば枯れ枝音立てて夏の庇に揺れて落ちない

街ゆけば更地また増えジジババの閉店入院転居葬列

フェンス沿い二つ開いた昼顔をカラスが低く低く飛び越す

切っ先のような日差しは八月の夢をかすめてなにか足りない

よく響く地下道くぐり足音をペタペタと貼る私の脳裏

バス停も駅のホームも行き先の違う車両がまた来て止まる

左から追い越しざまに右折して暗きに入る私の時代

大東島

一、下級兵士

噛みつぶすイナゴが口で跳ねている下級兵士の父の空腹

将校は蓄えあったと証言し　兵の飢餓など村史にもない

空腹にイナゴ頰ばる父真似て手は運んだが口が開かない

雷鳴のさなかに父が語り出す血のニオイする不発弾処理

不発でも友をつぶした爆弾の下に肉片かきだす父よ

かきだした肉片掴む手をこぼれ臼歯がたてたかすかな叫び

不発弾民家に落ちて兵一人潰されたこと島人知らず

足に痣できたはお告げ帰れると語りし友の肉片拾う

不発弾もっこで担ぐ足もとの純白すぎるシャコ貝化石

鍾乳洞落盤危険の島かつて父はもぐって塹壕掘った

二、リンチ

砂煙立ててトラック走る島　父が片目を失いし島

かつてわが父が仰いだ掲揚台リンチ体罰落ち葉が埋める

読みとれず『真空地帯』投げ出せば「そうだろうなあ」父は呟く

父が言う『真空地帯』そのままの島の兵舎の蟬の真似など

かすかでもくもりがあれば殴られた銃捨てること敗戦という

雑嚢の万葉集を抜き取って御製の歌で糞拭く古参

海原にかげろう月と波音と睡魔の中に監視する父

繰り返す雲の切れまの海原に「敵船団視ゆ」父は叫んだ

波がしら敵船団と見誤りいつまで続く往復ビンタ

三、バショウ

雨が打つ学徒出陣隊列に父が居たことわが子に話す

雫する輪切りのバショウ抱え来て　少女が下げた父の高熱

誰一人庭のバショウを解熱には使わず過ぎたうからの戦後

沖縄が返還されてまた島に行けると言えば父の曖昧

四、手投げ弾

一斉にアカネ色見せ飛ぶイナゴ　機銃掃射がわが父を追う

手投げ弾投げる間もなく爆発しあとかたもない教官の首

投げる間もないほど早い爆発を高性能と父の復唱

引揚げの兵士が捨てた手投げ弾　海も嫌って打ち上げる島

純白の石灰岩に滴った兵の血滲むレインボーストーン

兵の死を語ることなく島人は取り巻く海の豊かさ語る

灯台の丘に登れば草いきれ防空壕を雑木がふさぐ

五、切り岸

絶海の北大東島の断崖に柱跡ありボウフラ踊る

爆撃も艦砲射撃も壊せない北大東島の切り岸の丈

使い捨て下級兵士の肉のごとレインボーストーンならぶ切り岸

ジャガイモの畑の隅に立つビロウひょろりと高く風やり過ごす

サトウキビ畑の道を朝歩く兵士の父の歩幅をまねて

貯水池を覗けば不意に羽音して噴き出しやまぬ水鳥の数

円形に丘が囲んだ島の内　国見するごと見渡す我は

波の音聞こうとしても聞こえないただ灯台の灯がよぎる村

島の真夜いつもどこかに移動する一つ二つのライトが見える

父の背

熊の出る途切れ途切れの廃道に我を背負った父のハミング

有るはずの道も途絶えて沢下り父の背中の汗のぬくもり

歌詠むは父のまねごと教職も中途退職さえもまねごと

我が貌は父に似てると遠縁の叔母注ぎくれしビールがうまい

墓掃除している我が似ていると父の教え子言って立ち去る

血の始め知る人も無き我のため彼岸の父が会わせた人か

問いを残して

一、問い

季節過ぎつるしたままの風鈴が真夜に鋭く鳴って　沈黙

診断を聞いて戻れば母の目の冴え冴えとして我を見据える

対峙する人がいるように指差して母凝視するカーテンの陰

母の声息が続かず力なく耳寄せて聞くなお寄せて聞く

耳寄せて今際の言葉聞こうとし鋭く黙す母に驚く

逝く母が強く黙して我を見たその沈黙が永遠の問い

二、呼べば

母呼べば外したはずのセンサーが心拍数の増加を示す

顔覆う布など要らぬまだ命どこかに残る母見届ける

母の手に命のぬくみ消えゆくを留めようとて両手で握る

鼓動止め壺から水が漏るように母がだんだん空っぽになる

母の髪・母の爪まだ生きている　まだ心臓が動くか知れぬ

直しても顔をかしがせ我に向く生あるときの母とおなじに

三、霊安室

携帯で葬儀屋探す傍らに病室捜す甥の泣き顔

現場では荒くれ束ねる甥っ子がしどろもどろで祖母捜せない

真夜の地下霊安室は二畳ほど骨壺を置く墓より広い

看護師が迎えの手配急き立てる臨終間近の人が次待つ

祖母の顔じっと見詰めて甥っ子は　ためらいながら額に触れる

沈黙は母の死なのか痛い足さすり続けた数時間前

まだ明日あるを思って観劇も果たさぬままの不孝のひとつ

四、ストレッチャー

六年半願った母の退院は葬儀屋が押すストレッチャーの音

透析を終えた弟駆けつけて母に触れたが母の硬直

葬儀屋は霊安室から母を出し消した灯明また確かめる

葬儀屋のハンドル握る手をナビの光が染める無言の車内

母乗せて母に寄り添う弟は後部座席に気配すらない

闇を抱く駅のガードをくぐるとき母の不在の日付始まる

携帯に準備が出来たと妻の声母の死載せた車内に眩し

寝静まる住宅街にわが家だけ明かり煌々母を待ちいる

五、気配

まどろめば一筋香の立ち昇り昇りきれずに天井を這う

埋もれてもまだ立ち昇る線香の揺らげば黄泉へとなだれる髪だ

浮遊する母の魂見えるかと真夜に目凝らし天井を視る

明け方に亡き祖父微笑む気配して祖母と父との気配も混じる

窓ガラス幽かに震え母乗せて始発電車が黄泉に旅立つ

厨から朝餉の支度する妻の音が始まる通夜の終わりに

耀きが雨戸開ければ差し込んで瞬きもせぬ母を包んだ

口紅を少し薄くと注文し親類縁者に母見せる日よ

自らのあせを拭きつつ納棺師硬直続く頬に紅塗る

喪主として指先までも満たす血の始めを知らず骨拾う我

祭り

孫なのか息子なのかと酔いどれが祖父に絡んだ地蔵の祭り

カーバイト髪焦がすまでのぞき込む我と夜店と祖父の噂と

血の始め母に尋ねた翌日に届け物して産婆に会った

助産師が両手突き出しこの腕で汝引き出したと頭を摑む

誕生の場所問う我に一度だけ母と祖母とが仕組んだ茶番

破産して酒におぼれた祖父のため　空瓶持って酒屋に行った

「酒買いに幼子使うな」酔いどれの祖父に詰め寄る酒屋の主

我さしてシンデレラだと言う少女「同じでしょ」という継子だと言う

血の始め一人知ってる母逝って沁みだし続ける我の疑問符

我が生の始めの闇にかがまりて産湯を沸かす祖父の背がある

祖母たち

抱きもせず触れてもくれぬ父の母　我には祖母であるはずの人
近寄ればいつも従兄弟がすり寄って祖母に抱かれて我を見詰めた

縁側にきりはたりちょう機を織る祖母と呼べない母の母いる

母産んだ血のつながりの祖母もまた　我に一指も触れたことなし

痛む腰いいと言ってもいつまでもさすってくれた母の養母は

知らない人

幼き日汝訪ね来た人のこと覚えているかと逝く母が問う

幼き日硬く一途に我を抱く白いブラウスまだ覚えてる

アルバムに幼き我を抱き上げてカメラ見返す名も知らぬ人

答えればベッドの母は寂しげに我の後ろへ視線をずらす

疑問符は疑問符のまま六十年思い出さずに忘れもせずに

踏ん張って動かぬ幼きわが後ろ　そっと寄り来た女の記憶

めいっぱい化粧していたチャイナ服小学我と写りし写真

喜べとカメラを向けて父が言う　我抱く人のわけは言わずに

結婚を間近にひかえた人が来て幼き我をそっと抱えた

一度だけ幼き我を柔らかく抱き上げた後嫁いだ女

幼き日無言で我を抱き上げて何も見てない女のまなこ

その人が我を抱くとき母と祖母遠く離れて我を見ていた

母たしか名字言ったが聞き取れず聞き取れぬまま誰か分かった

一瞬のためらいの後その人を記憶の闇に沈めて過ぎた

廃屋に捜す

人はいさ我が育った家なれば歪んだ雨戸の開け方も知る

兄弟で遺品整理の母の部屋母子手帳在り我のだけなし

古時計捨てきれぬままたたずめば母なき時間を告げて鳴り出す

取り扱い説明書きに挟まれて括られていたわが母子手帳

廃屋のほこりまみれの母子手帳　綴じ直されて欠落のまま

へその緒入れ我は袋で弟と妹木箱でそれが気になる

我が娘祖母の形見と両の手でわが母とする人の櫛出す

母子手帳表紙をかえて綴じ直し生母隠した人こそが母

ウツボ持つ葛を枝につり置けばウツボを覗き我がまた落つ

廃屋の父の書斎の写真箱　家族写真の中に我居ず

覗いても凹面鏡と凸面鏡記憶はいつも足りずに歪む

夜という地球の陰に立ち止まり闇に見上げる丸い日だまり

シャコ

シャコ。シャコとわが家呼ぶのは親戚で屋号でもない不思議な呼び名

間取りには台所なき我が生家　通路挟んで流し台置く

パンや菓子通りに開いた部屋に置き我が幼少期に玄関がない

空襲に焼けずに残った駅前の時代遅れのモルタル造り

夜が明けて机の上の水盤に氷張ってた戦後のわが家

駅前に浅川タクシー開業し車庫の二階が祖父母の新居

本家とか新宅とか呼ぶ親類は車庫とわが家を言い習わして

タクシーの前に並んだ古写真　混じりて笑う祖父母が若い

建て替えたわが家それでもシャコと呼ぶ親類集う時代もあった

建て替えたわが家も古りて父母《ふぼ》も逝き　人の住まねば更地となりぬ

客人《ジュチ》

肉の音たててカマキリ落ちる秋　孕んだ腹の未消化の雄

来年もうじゃぶくうじゃぶくカマキリが親を知らずに親として死ぬ

上野駅飢えて汚れた孤児の群れ見ろと何度も父が指さす

上野での終わっちまった一日を黄ばんだ夕日がまだ離さない

モンゴルに客人《ジュチ》と呼ばれる男いて地の果てに征き国を造った

涸れ沢のはずれに噴き出す水あればわが生もまた一つの泉

磁石

近づけばくるっと後ろを向く磁石いな否一歩後ずさる我

家族とは血のつながりを意味しない社会科教師我は教えた

我が初子　抱き上げ母は繰り返し　姓を教える　奪われまいと
血の始め我が疑えば息子にも娘にもまた悲しみとなる

弟

七度目の心拍停止　弟は小説書くを理由に蘇生

書くことで透析治療者馬鹿にした職場見返す弟の意地

身のうちに機械仕掛けて『サイボーグ００９』を語る弟

幼き日ふっくらくびれた手首今　人造血管むごく浮き出す

ＩＣＵ父の最期のこの部屋で心拍停止の弟蘇生

＊

死ねないと言ってたくせに八度目の心拍停止で逝った弟

死の淵で言語機能のない明日を嫌い弟選んで逝った

分身の八郎右衛門が姫守る遺作となった『松姫街道』

弟の遺影は若き父に似てわれに渡れぬ血脈の川

父の死と母の死の差異それよりも近くて寒い弟の死は

弟の心拍停止の胸の内ペースメーカーだけが動いて

弟よ起きて明るく本棚の『復活の日』の左京を語れ

弟の棚の背表紙銀と金ずらりハヤカワＳＦシリーズ

弟を冷凍庫に入れ妻も子も職場に行った永訣の朝

茶毘の後ペースメーカー固定器具見て思い出す『猿の惑星』

人類が滅んだ後の考古学人でなきもの骨壺を掘る

家族葬無言のままの妹の連れ合いが言う「これで終わりか」

弟を親族だけで火葬して遺志だと言うが読経もせずに

弟の収骨終えた日のテレビ　画面に浮かぶキューブリックの骨

語る会

語る会笑顔ではしゃぐ百余人葬儀なくてもこれでイイのだ

「ガッチャマン」歌って踊る振り付けは弟の作　笑って遊ぶ

弟の黄ばんだ青春ＳＦの「宇宙塵」はも　薄いガリ刷り

肩書きは万年ヒラの弟の嗜好生かせば異動の市職

八王子音頭のジャケット永井豪企画は弟ヒゲゴジラいる

弟の『家屋調査は永遠に』コロコロ変わった役職の幸
弟は公民館の短歌会　岩田師に聞き講師を決めた

虫

キアゲハは落ち葉のように転がって死んでいるのに轍をかわす

地に落ちて羽もげ落ちた蟬運ぶ羽をなくして地に生きる蟻

わが庭にショウリョウバッタ大発生　ムクドリ家族が食い尽しけり

こんな死もいいではないか番う蚊を番うままにてつぶす一瞬

白アリの親類筋のゴキブリに兵隊ゴキブリいたなら怖い

羽育て恋に泣くため我が庭の土に紛れる蝉の歳月

生い立ちの地中に長き蝉なれば夏の日差しを浴びながら死ぬ

ダンゴ虫命を懸けてこんな道　靴すり抜けて這う意志を持つ

窓を這う蠅と映した我が顔と　乗せてバスゆく夕闇の中

影

自らの影を隠して蟻が這う一筋陰《かげ》と陽《ひ》の境目を

繰り返し及ばぬ自分に躓いてアイ・リッスン・トゥ・マイハート

勘違い溶かそうとして溶け残りぶっかき氷のように汗かく

我が体アンドロイドかロボットか雷こぼしてセーターを脱ぐ

我の持つ歩幅こそ良しお仕着せの階段嫌い斜面を登る

行く道を落ち葉さえぎり自らの影に追いつき組み伏せる音

ふと真昼首長龍の気配して前世は群れて喰われた魚

わが死後もいつものような朝が来て斜め下方の我と目が合う

サンダル

また小石巻きこんでしまうサンダルの痛みのような娘の電話
親指をドジョウに似せて動かして泥に埋もれたトウサンすくう

八雲立つ出雲大社で濡れ鼠　着替えするとき因幡のウサギ

庭の草むしりておればキビタキが枝を伝って我が顔覗く

最悪と言って少女はメール消す消せば忘れる災難として

初孫

数ヵ月先に生まれる孫のため貯金下ろして売り場をめぐる

早口で産気づいたと携帯に婿の大声車内に響く

慣れぬ駅慣れぬバス乗り駆けつけて産科病棟内の静寂

産室に母と婿とで娘の手握ってそろって腹式呼吸

産室の外に待たされ妊婦の父我を隔てる出雲八重垣

出産を終えた娘は我を見て「役立たず」とぞまずはいいおり

流し台風呂場となして湯につかり赤子は今日もあくびしている

あくびしてこの世のほこり吸う孫よ認識以前のお前の居場所

入浴後サラダ盛るよにテーブルで着せ終わるまでの細かな手順

抱き上げて繫がりとして幼には「おじいちゃんだよ」と言うしかないか

無精ひげ痛いだろうに抱く我に熱ある体よせ来る幼

掃除機のごとく隈なく這いまわる孫抱き上げて爺いとなれり

おしゃぶり

世界ってこんなに完結するものか　授乳している娘と孫と

山羊の乳我に飲ませて育てたと　授乳一度もしてないと母

弟に授乳している母の胸　触れようとして許されぬ我

おしゃぶりを白くなるまで離さない幼き我を母は語った

ひたすらにおしゃぶりを吸う口元よ　幼き我を孫に見ている

ママママと叫ぶ孫抱き　われ母の乳房咥えた記憶を探す

千恵子ちゃん

ちゃん付けで呼ぶ親類の死はつらい今安置所に千恵子ちゃん居る

安置所に居るかと問えば職員は在りますと言う彼女のからだ

死後もなお戻れぬ自宅　子供らは遠く離れてなりわいを持つ

子供らを育て終わって夫逝き旧道脇の一人の老婆

どこでどう親戚なのか告げられず我の家族と暮らした女性

つながりを色々と言う人ありて我が腹違いの姉という説

安置所は冷凍庫なんだ箱詰めの魚と同じ扱いなんだ

通夜の顔あるよなないよな見覚えが棺の中で解凍途上

冷凍の顔ゆっくりとほどかれてやっと死人の葬儀の顔だ

青年とバイクの荷台なれそめは　遠い祭りの夜店の灯り

獅子舞の一員として軍配を掲げて踊る青年だった

なれそめと結末だけを我に見せ曾孫までいる遺影の微笑

骨拾う小さな部屋にムズかった曾孫の声聞く結末もいい

せなで聞け曾孫の声ぞ霧深き三途の川を渡りきるまで

親知らず

治療室　西日さえぎるブラインド中途半端な陰生ぬるし

親知らず「抜きますか」と問う「抜きません。」親を知らずに育った体

我が矜持　梢というほど高くなく西日が包む冬の枯れ枝

順番

白菊に埋まった叔母の唇よ　電話で聞いた先月の声

年長者また一人逝き順番は解らないまま近づいちまった

乗客は一人二人と降りていき　霊園からは満員のバス

弟と我と見比べ似てないと法事の後の遠い親戚

灌仏会甘茶にはしゃぐ乙女らの声聞きながら追善供養

先輩

執筆中地雷踏むよな死もあると突きつけてくる小高賢の死

詩じゃなくて短歌つくれと言う声を思い出しつつ焼香の列

『老いの歌』再読すれば彼すでに死を見詰めてた　顔が浮かびく

ずけずけと批評されてもずけずけと感想言えた先輩小高

小高賢『億年の竹』ずけずけとけなす言葉の裏の親しさ

生きる意味わからぬままに生きてきて明日に死が待つ今日かも知れず

ノド飴を嚙んでも舐めても人生が喉につかえて吐き出せもせず

境内に凍てた雪踏むつるつると　転びそうだがころんでなるか

花であること

一、旧友

「鈴木か？」と改札口に我探す爺いの顔はお互いさまで

いつもならチャヤウチャヤウ座る助手席で窓を開ければ犬の毛が舞う

入り婿を追い出されたわけ言わぬ友　孫の写真を液晶に出す

親戚が二日をかけて掃除して風邪をひいたと部屋見せる友

古ぼけたジャズのレコード棚に見せ道玄坂の喫茶店《さてん》の話題

書店さえ健三郎さえはるけくてほこりまみれの『われらの時代』

おい爺い　覚えているか落書きの石原吉郎「花であること」

我にさえすり寄ってくるチャウチャウに嫉妬している友の口調は

二、こんな店

書店またつぶれちまってカラオケはつぶれそうだがまだある田舎

兄の店手伝い暮らす爺いへのスナックママの冷たい言葉

我が旧友高嶺の花に真向かえばカウンター越しの微笑月並み

朗々と先客歌う横浜は田んぼどころか海のかなただ

「地上の星」我が歌えばせわしないミラーボールも代金のうち

三、月のあぜ道

累々と墓石並ぶあぜ道を　月は律儀に今夜も照らす

月明り黄色く受けて過去捨てず無縁墓撫で友は佇む

わけ言わず嘔吐している旧友の座り込みたる墓石の前

あぜ道に蛙も鳴かず月だけがゆっくり爺いを照らして笑う

頭から飛び降りたけど八つ手の木受け止め死ねない八月の友

入る墓どこにもないと旧友が言いつつさする無縁墓

四、遍路

讃岐にはまだ距離がある鳴門市にうどんすするも遍路の始め

楠の枝の先祖供養の先祖とはちちはは祖父母その先知らず

朱印帳すきまなきほど朱で埋めて遍路続けるしおれた背中

遍路道歩幅も狭くせき込んで歩く友はも入り陽に向かい

無縁墓無縁と言えぬ同級の爺い二人が大師唱える

今晩はここで寝るのか尋ねられ遍路の小屋に陽の沈む前

やけにまぶしい

一、同窓会

再会の竹馬の友が「さん」付けで椅子きしませてまた我を呼ぶ

酒の量年々減っても同窓会まずは酒だと栓抜き探す

民営化郵便局を辞めた友スナック開いて　去年つぶれた

年金の額が足りぬと嘆く友　今に尾を引く長い失職

語らえば古稀はタマネギ剝くように声も言葉も少年になる

数億の年商誇ったシンちゃんのバブルはじけてその後を知らず

腕力とツッパリだけの集団のパシリのままで死んだユウちゃん

組合で熱弁ふるったセイちゃんの四十年後の今も夜勤だ

僕らにもバブルはあって古稀の会ライオンズクラブの友の欠席

肩書に肩書がつく雪だるま　砂の年輪かくしたイサオ

その昔テネシー・ウィリアムズに口説かれた菓子職人の進ちゃんも古稀

同窓という親しみの不思議さよ錆びた記憶がやけにまぶしい

同窓会古稀ともなれば飲みきれぬビールが並ぶテーブルばかり

二、マトリョーシカ

女の子そう呼びかけて返事する同級生も七十を過ぎ

飲み干したペットボトルのカルピスにもう書いてない初恋の味

思い出は葉陰飛び立つ糸トンボ指さす我に少女頬よす

もりあがる席の真中の同級生　遠く眺めて我幹事席

それなりに色褪せることそれなりに貌にしぐさに来歴がでる

見え隠れ登校途中の赤い傘追いつつ思うシェルブール

もどかしさ解る自分に戸惑った少年の日のフランス映画

やわ肌の歌集の話中学と同じ言葉で聞く同窓会

背伸びして歌集を語る制服を温めるため日差しがあった

敗戦で人が途絶えた多摩御陵枝に隠れた僕らのベンチ

看護師と言ってしまえば温かき胸のふくらみ消えてしまいぬ

古稀というマトリョーシカの内の内　日だまりに待つ少女まだいる

トイレ前リュック持たされ君を待つ遠足の日の東京タワー

昨晩のホームシックの君のこと修学旅行の噂の一つ

前髪に笑みを隠した少女今同窓会を茶髪で仕切る

日だまりに二人見上げた十代の淡く浮かんだ未来が今か

三、二次会

スナックにスキンヘッドの親父いて同級生と気づくまでの間

古稀なればボブ・ディランさえ遥かにてどいつもこいつも演歌にむせぶ

カラオケは演歌ばかりだ古稀の会ジジイぶるなよロック歌おう

スナックにポッキーかりかり嚙みながら歌うロックをパラパラ探す

レパートリー幾つもなくて古いけど「トラブルメーカー」予約入れ待つ

二十年以上も前の流行歌　歌えば我は若いと言われ

またマイク握ったけれど回数を気兼ねしながらイントロを聞く

今だって群れてる僕らの中にいて思い出話に出ないテッちゃん

縁日に焼きそば買っても売っていたテッちゃんのこと誰も知らない

テッちゃんの居場所を我に尋ね来て隣にテッちゃんいるに気づかず

同窓会　途中参加のユウくんの孫請け自営に定年はない

屁はするしいびきもひどいトシちゃんが温泉旅行の仲間を募る

カラオケを二度歌ったがテッちゃんに誰も気づかず二次会終了

地獄の門

レンズにて細密覗けと展示する高村嫌う根付豊穣

ちまちまの根付の国と否定して父の彫刻観る光太郎

老猿は摑み損ねて羽一つ近代日本の見上げるロダン

仏師には仏師の気迫　近代の若い腕力ロダンにはない

カミーユの若き肢体とロダンの手　削る粘土の湿った温み

北斎の春画を覗くカミーユとロダンを囲む大理石の首

どこまでも陰に佇むカミーユと格子の陰の智恵子のレモン

『地獄の門』上野の山に見上げれば落ちていくなり若きカミーユ

富士登山

日章旗旭日旗つけ杖を振るアメリカ青年海兵隊らし

筆箱の鉛筆のごと肩幅で押し込まれたまま山小屋に寝る

闇の中ライト軍手に反射して船酔いのような登山している

山頂はまだ闇の中持ち替える杖持つ軍手が蒼く尾を引く

登るべき斜面が途切れ「山頂か？」休憩モードへ切り替え迷う

富士の鉢硯こうとして小走りに数歩走れば息切れがする

鮮やかな朝焼けからは少しずれ雲海透かし昇る白日

万歳と日章旗満ち御来光富士山頂に帝国がある

五合目にバス待ちおれば声高な中国語満ち鳥居が霞む

*

自らに〈ちゃん〉つけ話しだす妻と海から望む裾野曳く富士

赤さびた斜面に喘ぐ富士登山去年の我を海から探す

海水の寄せ来る浜に陽を浴びて桜咲きいる還暦の春

モロッコ

妻と来てサハラ砂漠に跨がった少しかしいだ駱駝の背なか

数滴のいばりは風にあおられてまた歩き出すサハラの駱駝

ウサギより駱駝の糞は小さくて棘ある草を食みて働く

雨の秋オリーブ畑にモロッコの泥の流れを映す猫の眼

雪混じるザード峠の雨に濡れ岩陰ごとに黒くロバ立つ

フェミニズム原点としたコーランを斜め読みして妻の顔見る

枯れてなお鋭く長い棘纏うアザミの茎にカタツムリ這う

細腰に壺を掲げたタイルの絵埃にかすれ片足がない

干からびた湯船に座る我の肩女奴隷の幻が揉む

敗残のカルタゴ兵が躓いた窪みか知れぬ遺跡の轍

痛む膝かばいもせずに跳び越える轍えぐれたローマへの路

皺深くスークに生きる老人の我より若い歳に驚く

愛想良く売りつけに来る銀皿の黒ずみ隠す手のひらの技

マラケッシュ馬車乗る我も風物かフランス人がカメラを向ける

ちっぽけな地球の裏に張りついて地平に上がる星を見ていた

吹く風に意味などなくて吹き寄せて砂丘は生まれ砂丘は動く

カオス

一、ガンジス

ガンジスに沐浴もせず昇る日に祈りもせずにカメラを向ける

ありとあるこの世の汚《けが》れ飲み込んで黒く淀んだベナレスの河

祭壇に石像は立ち　磨かれた男根我の腕の太さだ

幼き日父の男根見上げてたそんな角度で石像の前

二、物乞い

掃き溜めのプラごみ踏んで餌をあさる廃牛ゆっくり餓えて死ぬ街

炎天下ひん曲げられた片足でいざるしかない物乞い青年

抱え持つ蛙のような赤ん坊あやしもせずに物乞う女

物乞いに泣く力失せた赤ん坊救いもせずに旅を続けた

大型のトラック集め修理屋のバラック続くデリーへの路

三、雑踏

我ら乗せオートリクシャー四台でじゃれ合うような路上のレース

指一本突き出せば即砕かれるそんな走りをリクシャーはする

食紅を投げ合う祭りカメラにも容赦はなくて怒れず笑う

パレードの象さえ見えぬ椅子並ぶ会場設営インド人はする

太陽と埃の中の象祭り人をかき分けダンサーを追う

グランドに象とダンサー着飾ってだらだらだらだら時たま踊る

ホテルまで頼んだはずのリクシャーが野良犬ばかりの路地裏に入る

後ろから投げつけられた食紅にまみれて戻るホテルのロビー

四、インド門

おおかたの鴉は柵に群がってインド門わきちらほらと飛ぶ

飛ぶものを何も積まないムンバイの撮影禁止の動かぬ空母

途切れない車の流れ横切って裸足の少女が絵葉書を売る

シバ神の腰の豊かさ戯れに銃撃をした酔いどれ兵士

ムンバイに大英帝国上陸し鴉飛び交う門を残した

五、津波

ムンバイの昼食どきに音がないニュースの津波に動かぬフォーク

クライストチャーチのビルの崩落後東北旅行を選んだ友よ

息子とも娘夫婦とももつながらぬ受話器を握る何万の我

地割れして壊れた日本ムンバイのテレビに見えて見えない我が家

大窓が歪み崩れたわが家の夢に目覚めるムンバイホテル

ムンバイの朝のテーブル震災の針穴覗いた話飛び交う

震災で家ある日本へ帰国する人はいるかと添乗員は

ムンバイのＣＮＮは福島に広島重ね　湧くキノコ雲

店先のムンバイタイムス第一面瓦礫の日本に佇む少女

日本語でメルトダウンのお悔やみをスイス婦人に言われ戸惑う

トーキョウの息子夫婦を関西に転居させたとスイスの婦人

インド人フランス人も震災後すれ違う時視線が違う

部屋にあるトイレの紙を持ち帰れ添乗員は真顔で話す

スーパーの棚にあふれる品物をデリーに羨む震災の後

家族から連絡何も無いことは被災無きこと自信はないが

ビンベトカ一万年の狩りの絵と無色無臭が積もる福島

福島の無色無臭の一万年世界遺産となるやもしれぬ

六、帰国

成田行き機長の仮病原発の事故に脅えて五時間遅れ

日本から逃げ出してきたインド人インドのテレビがインタビューする

効きすぎの冷房バスに朝に乗りデリー空港夜の冷房

乗り継ぎに間に合わぬゆえまた五時間冷房過剰のバンコクに待つ

日本人青年に会い震災の規模が縮まる空港ロビー

機内また設定温度低すぎて茶は作れても湯はないと言う

つぎ次と帰国審査の列増えて一列だけの入国審査

バスの窓煌々として工場に震災の傷無きを安堵す

震災後旅行バッグを引いて乗る京王線の車内のまばら

七、家

帰国した家に酒瓶転がって避難していた息子らの跡

スーパーに飲料水のボトル無く酒は買えたと息子は語る

ごみ袋ウサギの糞も詰め込んで娘夫婦の避難の跡は

ビルの揺れ半端じゃないと娘言い続く余震にまだ休暇中

神仏は敬うけれど遠くいて祖父母曾祖父母仏壇にいる

連れ合いを連れて娘と息子来て震災避ける我が家は聖地

震災後めどの立たない営業にサラリーマンの塩気も抜けた

御先祖の写真の前で子供らは震災避難の時間過ごした

ふきのとう枯葉の中に頭出しスポットライトのごときセシウム

薄く

まっさらな世界を刺してコンパスは薄く一枚私を囲う

つり革を握ったわれを夜の窓凸凹凸凹引きずっている

原色を色立体に閉じ込めて三半規管がむずむずとする

広告に誇る若さの二の腕と　つり革握る我の二の腕

改札口通った後にスマホして支払い続ける我らの暮らし

直角に中央線と交差する武蔵野線も東京行きだ

飛び込めば死ねると思う線路ぎわ速度風圧かすかにぬくい

低気圧等圧線を押し上げて百日紅だけやけに鮮やか

彦星よ年に一度で安心かい？デネブ耀く大三角で

店先になすの実積んでそれぞれが亀頭のごとき紫の艶

四肢もがれフィギュア少女の袋詰めびっしり壁に〝かわいい〟の首

頼りない長髪束ねたバンダナのヒッピー爺いが牛丼を喰う

商店街　寂れ途切れて駐車場フェンスの花は枯れた朝顔

見下ろせば人影見えぬ三十階　爆撃ボタン押せると思う

素振りする模造刀でも庭かすめヘリコプターが監視する国

宮古島土産の菓子の〈まもる君〉赤丸手前の黄丸をつけて

皮一枚下に私を隠しても突き出してくる餓鬼の手がある

水たまり

消えるため印を結べば煙になる猿飛近頃流行らぬキャスト

雨の中垂れたブランコ水たまり重なる波紋と消えゆく波紋

信号を待つ間もイチョウは葉を落とし秋の終わりがかすかに臭う

飲みかけのペットボトルのアイスティー揺らして秋を光らせてみる

「ほんとに」とお礼の言葉に付けたすは嘘ではないがほんとでもない

マンションの影が伸び来る午後の窓　冬日と職場は似ていて寒い

日を受けてひさしの雪はせりだして落ちるまでの間つららを伸ばす

月明かり闇を残してぬばたまの我這い出せぬ夜がまた来る

変身する曼殊沙華

葉を持たず毒持つ花は老醜か　ハッカケババアの赤い蓬髪

朱の色に曼殊沙華咲く巾着田輝く花は木漏れ日の場所

逝った父思い出させるアクセント　シビトバナ咲く武蔵野に会う

花びらと言うには細く反り返り花首数万彼岸が揺れる

花言葉〈再会〉という曼殊沙華　三笠の山に咲くぞ仲麻呂

火の色は美しすぎて切なくてローソク花を引き寄せる胸

しゅうとめがヨメノカンザシ贈るとき　そはシビレバナ　そはカエンバナ

墓場にはミナゲバナ植えババゴロシ飢えて喰うなり絵図の天明

ベテルギウス

退職後　横断歩道に落ちている我が影踏めば点滅をする

ベランダの物干し竿に落ちそうな雫の中に朝日が光る

湖も遠くさまよう定年後見えていたものまた砂になる

これからを問う我がいて振り向けば入り陽を背負う影でしかない

億年の命のきわに輝けるベテルギウスの血の色仰ぐ

光年の彼方にあれば輝きもベテルギウスも過去でしかない
わが一世塵にすぎねど天空に臨終の星見とどけてやる

あとがき

歌集『砂丘は動く』は二〇〇八年十一月から二〇二〇年一月までの作品から選んだ四五七首。歌集としてまとめるための心の整理が出来ず、ずいぶん長い時間がかかってしまった。

僕と短歌との出会いは日記帳の欄外に印刷されていた作品と高校の授業。特に古典の授業で読んだ和歌。表現に至るまでの物語がとても楽しく新鮮だった。毎日、和歌を読んで暮らせたらどんなにか楽しいだろう。期末試験の一夜漬けの時期になるといつも考えた。その願いが、退職後いつのまにか実現していた。言葉を工夫し、短歌で表現することは面白い。作品を読む時、創作する時、自分の感性を信じ、言葉を吟味する。自分と向き合う機会が増えた。自己鍛錬に思えた。しかし、副作用があった。自分を守るために意識の底に沈めていた記憶を引きずり出してしまった。

鈴木正樹という存在は虚構。血のつながりが不明瞭。僕が鈴木正樹であることの根拠は祖父母や父母が創り上げたものだ。それを歌集として発表すれば、よりどころとする家族との繋がりを否定してしまう。せっかく創り上げてくれた家族関係が壊れてしまう。それが怖かった。しかし、躊躇している内に親戚や家族は次々に逝ってしまい、今は妹だけ。その妹にさえほとんど会う機会が無い。失うかも知れぬ親類や家族が消滅してしまった。虚構の中の僕は息子や娘、孫という実像を持った。祖父母や父母との繋がりは、僕自身の意識の問題になった。もはや出生の虚構は個人的な伝説。

短歌は一首一首が独立した詩。しかし、並べ組み立てると、ストーリーが出来る。だから断片でしかない記憶を整理するのに、短歌という形式は適している。欠片を並べると個人的な伝説になるのではないか。伝説を持った実像の鈴木正樹となることが出来るのではないか。

付け足しになるが、鈴木というありふれた名字。吉屋信子が付けてくれた希少価値のある正樹という名前。しかし、ネット検索すれば、同姓同名が全国に散らばっている。別人である鈴木正樹の著作が僕の著作に混じる。僕の著作が別の鈴木正樹の紹介に並ぶ。写真にも経歴にも僕でない鈴木正樹のデータが混じる。鈴木正樹という概念はネットでも混線している。鈴木正樹という概念はなかなか特定してもらえない。

この歌集を刊行するにあたって、馬場あき子先生、短歌研究社の國兼秀二氏、菊池洋美氏に大変お世話になった。そして何よりこの歌集の作品は「かりん」東京歌会と武蔵野支部の仲間との交流の中から生まれたものだ。

令和六年二月十四日

鈴木正樹

著者略歴

1948年9月16日　アイオン台風のさなかに生まれた
1974年　詩集『流れ』
1976年　詩集『把手のないドア』
1987年　詩集『刺に触れる』
1989年　歌集『風景の位置』
1995年　詩集『闇に向く』
1996年　「かりん」に入会（11月）
2007年　詩集『川に沿って』
　　　　短歌「次はまだ来る」で　かりん力作賞受賞
2009年　歌集『億年の竹』
2012年　詩集『トーチカで歌う』
2017年　詩集『壊れる感じ』
2020年　評論『「山の少女」と呼ばれた詩人』

検印
省略

かりん叢書第四三三篇

令和六年六月二日　印刷発行

歌集　砂《さ》丘《きゅう》は動《うご》く

定価　本体一八〇〇円（税別）

著者　鈴《すず》木《き》正《まさ》樹《き》
郵便番号一九三―〇八三四
東京都八王子市東浅川町一八九―八

発行者　國兼秀二
発行所　短歌研究社
郵便番号一一二―〇〇一三
東京都文京区音羽一―一七―一四　音羽YKビル
電話〇三（三九四四）四八二二・四八三三
振替〇〇一九〇―九―二四三七五番
印刷・製本　モリモト印刷株式会社

ISBN 978-4-86272-769-5 C0092 ¥1800E